왠지 알 것 같은 마음

왠지 알 것 같은 마음

엔씨앤밀

延 series

금나래

파랑

자리마다 짙던
살 내가 옅어진다

심연에서 너울이 밀려오고
멧비둘기가 날아와 여러 날을 울었다
울컥울컥 쏟아지는 마음을 등 뒤에 두고서

마음이 묵어가는 동안 나는
아무것도 하지 않았다

파랑을 마주하는 것은 용기가 필요했다.

감정을 주체할 수 없을 때, 나는'파랑이 인다'라고 한다. 파랑은 너울이 되어 결마다 흉터를 남겼다. 나를 보는 것이 아물어가는 상처를 헤집는 것 같아서, 소멸하지 못한 채 오늘이 되었다. 파랑을 마주하는 것은 어쩌면 숙제 같은 것일지 모른다.

여행은 파랑을 마주하기에 좋았다. 얽힌 감정 사이를 드나들다 보면,

말갛게 개인 오늘이 있었다.

아침놀

저녁놀

깊어진다는 것은,

가슴 한편으로부터 뭉근하게 번져오는
온기 같은 것인지도

괜찮아 괜찮아

둑길 저 너머로, 숨을 던진다. 비스듬히 기대선 고깃배 갑판 위에, 떠밀려온 하얀 부표 아래, 긴 막대기가 늘어선 사이마다.

숨이 스며든 곳으로 작은 생물들이 가만가만 드나든다. 그러는 것이 괜찮아 괜찮아 살아보니 별것 아니야 말하던 할머니의 어름 같아 느닷없이 눈시울이 붉어진다. 얼마나 더 어른이 되어야 알게 되는 것일까. 사는 것이 왜 이렇게 어렵고 아픈지 나는 지날수록 더 아득하기만 한데.

깊이 묵어있던 숨까지도 끄집어낸다.
몇 번이고 되풀이하다 보면 어렴풋한 마음, 조금은 선명해질까.

산책

어떻게 하면 시인이 될 수 있냐는 마리오의 질문에
네루다는 말한다.*

'해변을 따라 천천히, 주변을 걸어보게.'

숲을 걷는다.
바위마다 빗물의 보금자리가 있다.
비가 오면 비 오는 그림이 되고,

눈이 내리면 눈 내리는 그림이 되는.

홀로 걷는 산책길, 문득

그리움이 흘러들고

멀어진 사이

　　달빛을 밟고 떠났던 배들이 돌아오자, 기다리고 있던 사람들이 새우와 소금을 버무려 젓갈을 담갔다. 눈앞에 벌어진 광경을 구경하느라 나는 손을 놓친 줄도 몰랐다. 뒤늦게 알아채고 두리번대다 먼발치에 선 엄마를 발견하고 달려갔다.

　　그날처럼, 그냥 달려가면 되는데 한 걸음 물러선다. 벌어진 틈마다 차오른 생각 때문일까. 선뜻 붙잡지 못하고 멀어지도록 둔다. 한때는 종이 한 장도 끼어들지 못할 만큼 가까웠던 사이였으니 미련이 없는 것은 아니었다. 다만 관계의 간격은 마음에 의해 좁혀지고 멀어지는 것이라, 만일 멀어지고 있다면 우리 사이에 오가던 마음이 흐려지고 있다고 여기는 것이다.

네가 없는 오늘을, 혼자서 걷는다.
어지럽게 흩날리는 눈발 위에
너를 그리다,
어물쩍 숨을 삼키면서.

텅, 빈

우리는 크고 작은 상실을 경험하며 살아간다. 모든 것은 사라질 운명이라는 어느 시인의 말처럼*. 그런 것이 삶의 본질인지도 모르겠지만 그럴 때마다 나는 끝이 보이지 않는 사막에 혼자 남겨진 듯한 기분이 든다.

상실이 슬픈 것은 거미줄처럼 얽혀 있는 기억 때문인지 모른다. 당신이 선물해준 스웨터, 당신에게 편지를 쓸 때 사용하던 볼펜, 당신과 드나들던 곳들이 없어질 때마다 마음 한구석이 허물어지던 것은, 그것을 매개로 닿을 수 없어진 기억 때문이었다. 어쩌면 나는 당신에 대한 그리움을 입고, 쓰고, 찾았던 건지도 모르겠다.

* 시로 납치하다 – 류시화

그리움은 그러나, 비어있는 감정이었다.
넘치도록 차올랐다가도 이내 텅 비어버리는.

기억은, 한 줌의 물처럼

실 커튼처럼 드리워진 인파 속으로
떠밀려가고 있었어

뒤돌아 너는, 어떤 말들을 했는데
입술이 피고 지는 꽃송이 같아서

내내 걷고만 싶었어

천막을 들춰 들어간 노점 한편
장밋빛, 연탄불 앞에서
같은 색으로 물들어가던 뺨과

한 아름의 꽃 같았던, 불빛 사이로

밀려오던 너의 눈빛과

나의 손등과 너의 손바닥이
같은 온도로 변해가는 느낌이

그대로 내 안에 고여있어

낮에 꾸는 꿈

'제주에 사는 조랑말은 눈이 여섯 개야. 무릎에 하나씩 더 있어.'

문득, 그럴 수도 있겠다는 생각이 들었다. 가끔은 설명할 수 없는 일들이 일어나곤 하니까. 그곳에 사는 말들은 무릎에 정말 눈이 있을지도 모른다.

밤이 되면 초원에는 빛이 가득하겠지. 무릎, 눈동자들이 달빛에 반짝거릴 테니까.

몽상에 잠길 수 있어, 나는 무료한 시간이 지루하지 않다. 그래서 버스를 타고 종점까지 가기도 하고, 비행기 대신,

며칠이 걸리는 기차나 버스를 타기도 한다. 크기를 가늠할 수 없고, 아무것도 소외되지 않는 공간에 끝없는 이야기를 펼쳐놓는다. 돌아가신 할머니는 생각에 잠겨있는 나를 볼 때면 정신 나간 년 같다며 웃었다. 낮의 꿈을 꾸는 사람들에게 팩트는 무의미하다. 허무맹랑하거나, 불가사의한, 세상이 말하는 쓸데없는 일들이 가치 있다고 생각하니까.

꽃에 말을 건네는 사람에게, 꽃은 말을 하지 못한다고 하는 것이 죽은 말인 것처럼.

밭 밟는 소리

　한 남자가 들어섭니다. 덥수룩한 수염과 어깨에 앉은 눈을 털어내며, 배낭과 외투 카메라 가방까지 서너 자리를 차지하고 앉아서는 풀풀 날리는 웃음을 지었습니다. 나는 마시려고 타둔 코코아를 그 사람에게 슬쩍 내밀었습니다. 왠지 그래야 할 것만 같았습니다. 눈이 그칠 때까지 쉬지 않고 얘기했는데 무슨 말을 했는지는 기억이 나지 않습니다. 다만 시간이 지나도 지워지지 않는 그 일 때문에 김영갑 갤러리, 뒤뜰의 작은 무인 찻집을 겨울마다 들릅니다. 그날의 단향을 회상하며 코코아를 마시고, 그 겨울 내리던 눈을 회상하며 눈이 멎을 때까지 머무르다 갑니다. 당신 때문인지도 모르겠습니다.

제주에는 '밭 밟는 소리'라는 민요가 있습니다. 씨앗이 날아가지 않고 땅속 깊이 자리 잡도록 밟아주며 부르는 노래. 그리워한다는 것은 씨앗을 밟는 것과 닮았습니다. 그리면 그럴수록 더 깊이 각인되니까요. 그 사람, 내 마음 깊이 심어졌나 봅니다. 흰 눈이 날리면 여지없이 그 자리로 흘러가 버리는 것을 보면.

　　당신에게 안부를 전합니다.
　　만나자는 말보다, 잘 지내자는 말.

당신을 모른다

　서로를 알아갈 때, 가까워지기 좋은 방법은 함께 밥을 먹는 것이다. 좀 더 같이 있고 싶으면 차를 마시러 가고, 그러는 사이 주파수가 맞는지 판가름 난다. 우스갯소리로 시작해서 아팠던 기억으로 끝이 나는 대화, 상처를 보듬으면서 알아가는 시간.

　제주에 있는 동안, 일주일에 두세 번은 오름에 올랐다. 평원에 완만하게 솟아오른 크고 작은 오름을 보면, 숨길이 트이는 것 같아서. 그런 풍경을 보기에는 다랑쉬오름이 좋다. 다랑쉬란 '달'과 봉우리란 뜻의 '쉬'가 더해진 말, 분화구가 보름달처럼 둥글다고 지어진 이름이다. 제주에는 독특한 이름을 가진 곳이 많다. 한경의 빌레못과 안덕의 큰넓궤, 조천의 너븐숭이처럼.*

　　나는 일부러 그런 곳들을 찾아다녔다. 수시로 드나들던
제주가 낯설게 느껴졌다.
　　설익은 사이처럼, 안다고 말할 수 없는 당신처럼.

* 한경의 빌레못과 안덕의 큰넓궤, 조천의 너븐숭이_ 4.3 사건 현장

해녀의 보시*

그물을 털자 소꿉놀이같이 올망졸망한 멍게며 해삼이 좌판 위를 구른다. 할머니는 내가 내민 지폐를 정수리에 휘휘 문지르더니 이제서 보시를 한다고 했다. 오후 두 시를 훌쩍 넘긴 시간이었다.

첫 손님이 여자면 장사가 잘된다는 말 때문이었을까. 할머니는 잘못 주문한 게 아닌가 싶을 만큼 푸짐한 접시를 내려놓으며 많이 먹으라는 손짓을 했다. 값을 치른 것 외에 거저 얹어놓은 것은, 아마 봄빛을 머금은 소망이었을 것이다.

그 마음이 한 점 한 점 꽃 같아서, 젓가락질을 서두르지 않았다. 생각해보면 나의 처음에도 늘 그런 기대가 있었다.

그날의 기대, 그해의 기대. 기대 앞에 설 때면 잘되기를 바라는 마음에 좀 더 내어주었던 것도 같다. 더러 기대한 것에 이를 때는 알록달록하게 흐드러지던 마음이었다.

너에게 있다면, 내게도 있는 것

난간에 올라 휘파람을 불면, 초원에 흩어져있던 말들이 일순간 고개를 들고 나를 쳐다봤다. 그중 몇은 성큼성큼 다가와서 투레질을 하기도 했다. 잘 지냈냐는 인사처럼. 그 형형한 눈빛을 보고 있으면 마음이 연결돼있을 것 같은 느낌이 들었다. 걸리버 여행기의 영향일 것이다. 읽을 때마다 새로운 그 책을, 다시 읽기 시작했으니.

소설에 등장하는 말은 이성적인 존재다. 그들은 '야후'라는 동물을 지배한다. 인간의 모습을 한, 부정적인 모든 것을 대변하는 종족. 걸리버는 야후를 경멸한다. 인간으로 인정하지도 않는다. 행여 같은 족속으로 치부될까, 옷과 신발도 벗지 않는다. 그러나 끝내는 이렇게 고백한다.

'내 모습을 우연히 쳐다보게 될 때, 혐오감과 증오 때문에 고개를 돌렸다.'

눈이 외부를 향해 있어서일까. 우리는 타인을 쉽게 판단하고 낙인찍는다. 마치 내게는 작은 흠결조차 없는 것처럼. 붉게 달아오른 쇠붙이가 내 이마는 피해가리란 법도 없는데 말이다.

*

배신자! 너는 독선적이고, 거짓말쟁이지.
또, 너는 바람둥이고 탐욕스러워
너는, 그리고 너는……

주눅 들어 작아지는 너를 보며
숨죽여 움찔거리는 것은
한줄기 빛도 들지 않는 너의 세계가
내 것이 될까 봐 그래

같은 배에서 태어난 우리라서 어쩌면
너에게 있다면, 내게도 있을까봐 두려워

숨죽이고 모른척해야 해

되도록 너를 더 미워해야 해

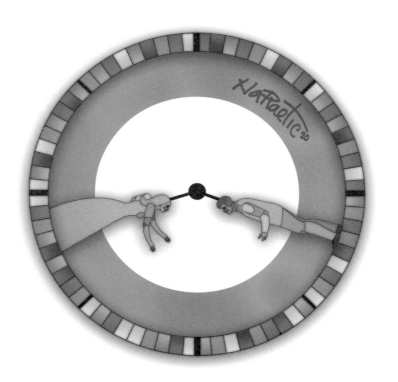

PM 8:00

오후 여덟 시, 당신이 오는 시간. 습관적으로 시계를 본다. 여덟 시간 후면 당신이 올 거야. 다섯 시가 되면, 이제 세 시간만 기다리면 만날 수 있을 거야. 시계침 소리가 당신의 걸음 소리처럼 느껴진다. 지루함이 아닌 설렘으로, 고통이 아닌 기쁨으로.

기다림이 즐거울 수 있다면, 그 끝을 예감할 수 있기 때문인지 모른다. 누군가를 만나게 되고, 무언가를 얻는, 혹은 어떤 일이 이루어지는, 예정된 성취들이 설레게 하는지도 모르겠다. 문득, 제주에서 살아보고 싶다는 생각이 들었다. 바다가 보이는 방을 구했다. 떠나는 날을 기다리며, 일상이 순해진다.

한 걸음 물러나서

노란색, 반달 모양 건물이 초원 위에 있다. 바람결에 자라난 폭낭*과 키 작은 수풀이 에워싼 테쉬폰*을 만나는 순간, 셔터를 누르는 손길이 바빠진다. 뷰파인더를 통해 보는 풍경이 동화 같아서 카메라를 고정한 채 점점 가까이 다가갔다. 뒤틀어진 철골이 드러나고 갈라진 틈을 메운 시멘트가 흉터처럼 사방에 그어져 있었다. 그마저도 바스러져 구멍을 남겼다.

건물을 둘러보다 문득 데생할 때 자주 들었던 소리가 생각났다. 한걸음 물러나서 보라는 말, 그림에 빠져있다 보면 늘 잊어버리던 일이었다. 한참 지나 물러서면, 그림은 엉망이 되어있었다.

한 걸음 물러나면, 리얼리티도 판타지가 될 수 있을까. 한 몸처럼 가까워진 사이라도 발가벗은 듯 적나라한 모습이 느껴질 때면 무작정 서러워지기도 한다. 당신은 대체 어디로 간 걸까. 유리 같은 아이만 남겨 두고서.

*폭낭: 팽나무, 제주방언
*테쉬폰: 제주에만 있는 이색 건축물로 '테쉬폰'이 있다. 제주시 한림읍 금악리에 남아있는 테쉬폰은 합판을 곡선 형태의 텐트 모양으로 말아 지붕과 벽체의 틀을 만들어 고정한 후 가마니를 덮고 시멘트를 덧발라 만들었다.이라크 바그다드 근처 테쉬폰(Cteshphon)이라는 곳에서 이 같은 아치형 궁전이 세워져 건축물의 기원이 됐다. (출처 : 제주일보)

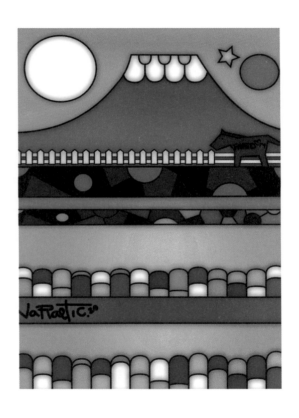

트레이드마크

이브 끌랭*은 '인터내셔널 클라인즈 블루'라는 색을 만들었다. 울트라 마린을 여러 번 겹쳐 바른 듯한 파랑, 짙고 선명한 파란색을 볼 때 끌랭의 작품이 생각나는 것은, 작가의 트레이드마크가 되었기 때문이다.

끌랭의 파랑처럼, 작가라면 트레이드마크가 있어야 한다고 생각했던 적이 있다. 그래야만 사람들에게 인상을 남길 수 있을 것이라는 믿음이었다. 그러나 믿음은 집착이 되었고 그림과 되려 멀어지게 만들었다. 그런 것은 어쩌면 인위적으로 만드는 것이 아니라 반복되는 표정으로 깊어지는 주름 같은 것인지 모른다.

끌랭의 파랑처럼, 제주는 그 만의 풍경으로 나의 발걸음을 이끈다. 파도가 닿을 때마다 더 검게 윤이 나는 현무암, 그 무수한 구멍을 통해 흐르는 물소리가 귓가에 자글자글 맺힌다. 돌담길 아래 빨간 동백 카펫이 펼쳐지고, 파랑과 주황이* 화려한 보색을 이루는 벌판에 앉아, 꿈결처럼 아스라한 한라산을 바라본다.

나만의 색으로 너만의 풍경을 담아내며.

* 누보 레알리슴, 프랑스화가
* 신천목장의 진피건조

숨비 소리

엄마는 살림이 어려워질 때마다 가게를 열었다. 수입은 기복이 없었지만, 경조사와 교육비를 메우려면 부족할 때가 많았다. 수입품을 팔기도 했고, 몇 년간은 아동복 매장을 하기도 했다. 분식점을 했던 적도 있다. 돈이나 일에 욕심이 있었던 것은 아니었던 것 같다. 사정이 나아지면 기다렸다는 듯 잘되던 사업도 접고, 원래의 자리로 돌아온 것을 보면. 내가 고등학생이 되었을 때 엄마는 지방 대학가에 제법 규모 있는 호프집을 열었다. 나는 그때를 회상하며 대학생들의 유흥을 미리 즐길 수 있어 좋았다고 했다. 그러자 엄마는 그 일이라면 생각도 하고 싶지 않다고 말했다.

예상치 못한 대답에 무슨 말을 해야 할지 몰라 난감해하고 있는데 마침 주문한 음식이 나왔다. 엄마랑 비슷한 또래인 듯한 해녀는 상을 밀어주고 옆에서 물기를 닦고 있었다. 분위기를 전환해보고자 나는 어떻게 해녀가 되었냐고 물었다. 그녀는 선원이었던 남편이 죽자, 어쩔 수 없이 선택한 일이었다고 했다. 죽을 고비를 넘나들며 물질을 배웠고, 만성두통과 이명에 시달리면서도 일을 놓을 수 없었다고 했다. 시부모와 시동생, 줄줄이 딸린 자식들 때문에.

어쩐지 쓸쓸해지던 식사 시간, 두 엄마의 아득한 시간이 그려진다. 가늠할 수조차 없는 고통, 나였으면 못했을 거라는 말에 엄마와 해녀는 자식이 있으면 못할 게 어딨냐며 입을 맞춘다. 돌이켜보면 엄마는 나랑 둘이 있을 때 가끔 울기도 했었던 것 같다. 나는 엄마가 왜 우는지 몰랐지만, 그냥 따라 울었다. 어린 딸 앞에서 소리죽여 울던 엄마의 나이가 되어서야, 고단했던 밤과 들썩이던 뒷모습이 가슴에 소복이 내려앉는다.

먼 바다, 숨비소리가 수면에 흩어진다.
고통에서 나온 소리라기에는 새들의 지저귐처럼 청아한.

말, 이상의 것

말 이상의 것이 있다. 새어버린 미소, 가벼운 끄덕임, 툭 하고 던지는 손길같이. 하늘거리는 몸짓과 우연히 부딪치는 눈빛. 사방에 뿌려진 말을 주워 담지 않아도 되는 침묵, 그 것이면 차고도 남는 마음이었다.

깊어진다는 것은,

가슴 한편으로부터 뭉근하게 번져오는
온기 같은 것인지 모른다.

장곡리

장곡리의 밤이 깊어간다. 달빛이 내린 마당 위를 까막까막 나는 반딧불이처럼 정취 있는 풍경도 좋지만, 찾게 되는 이유는 따로 있다. 숙면, 그곳에서는 초저녁이면 곯아떨어져서 문틈으로 비껴드는 햇살에 깨어났으니.

깊이 잠드는 것이 점점 어려워진다. 지난 일들을 되새기다 보면 어느덧 밤은 푸르게 물들고, 겨우 이룬 선잠도 오래가지 못한다. 뻑뻑한 눈을 인공눈물로 달래면서 시간을 흘려보내다 다시 밤을 맞았다.

신은 근심의 보상으로 수면을 주었다고 한다.*

　그래서 베갯머리를 떠나지 않던 고민도 장곡리에서는 자취를 감추는지 모른다. 잠든 시간이 기억할 수 없는 토막이 되기를 바라본다. 꿈꾸지 말고 뒤척이지도 말고, 죽은 것처럼 누워있다가 햇살에 피어나는 꽃처럼 깨어나기를.

*볼테르

Killing Me Softly with His Song[*]

알알이 여문 아픔을 그냥이라는 빈말로 덮어야 할 때
노래는 마치 모든 것을 알고 있다는 듯

빨갛게 벗겨진 날들을 소독하고
내 것인 것만 같은 노랫말을 펴 바른다

속이 비치도록 엷게, 희게
여러 개의 아스피린을 먹은 것처럼 취하게 만들어

울걱거리며 쏟아지는 눈물을 모르는 척 덮는다

그대의 노래가 나의 살갗을 파고 들어

화석처럼 굳어버린 심장과 싸늘해진 감정을 녹이면

나는 멜로디를 따라 문을 열고 나간다

* Roberta Flack의 Killing Me Softly with His Song , 일부 변형

부드럽고 황홀하게

　사람들은 스스럼없이 말을 섞었다. 쉽게 친해졌고 헤어짐에 머뭇거리지 않았다. 그들은 끊임없이 무언가를 만들어냈다. 이를테면 몸짓이나 연주 같은 것이었다.

　괴기스럽게 치장한 여자가 담배를 꼬나물고 춤을 춘다. 오십은 훌쩍 넘어 보이는 그녀의 실루엣이 늘어진 원색의 천 사이로 아른거린다. 조율되지 않은 기타연주가 흐르고, 머리를 길게 땋은 사내는 인생을 통달한 표정으로 듣고도 모를 이야기를 늘어놓는다. 그 옆에서 바이올린처럼 가는 목소리의 쌍둥이 남자가 하나 마나 한 질문을 던진다. 곳곳에서 벌어지는 광경은 짙은 인센스 스틱 향에 뭉개지고 나는 그 어디쯤, 어중간하게 자리를 잡아 엿듣는다.

해가 지자 바람아래*로 갔다. 휘파람 소리에 뭉개진 형체
들이 흐느적거린다. 해변을 가득 메운 폭죽 냄새와 흐리멍
덩한 눈동자, 마치 로스코*의 그림 앞에 서 있는듯한 느낌이
었다. 저마다 무엇인가에 도취한 채 붉게 뭉그러지던, 밤이
진다.

* 바람아래 해수욕장
* 마크 로스코(Mark Rothko: 1903-1970): 추상표현주의 화가

어떤 기억은 시간이 지나도 바래지 않는다.
떠올리면 지금이 되는 그 밤.

색과 선으로만 이루어진 기억 저편의 사람들과
밤새 춤을 추고.

인생 모모

처음 그 노래를 들었던 건 낯선 장식품들이 벽을 이룬 곳이었다. 나는 새로운 세상이라도 발견한 것처럼 필름카메라의 레버를 쉼 없이 당겼다. 스모키한 커피 향이 홀 안에 풍기자 사람들이 전축 언저리로 모여들었다. 주인은 벽장에서 레코드판을 꺼내 입김을 불고 회전하는 판 위에 픽업(pickup)을 내려놓았다.

[Roberta Flack의 Killing Me Softly with His Song 1973]

'인생'이 붙는 단어들이 있다. 흘려들었던 가사가 가슴 깊이 새겨질 때 노래는 인생이 된다. 별것 없는 음식에서 잊고 있던 추억을 상기하고 무심코 읽게 된 책에서 일어서는 용기를 얻었을 때, 단순히 음식이나 노래, 책이 아닌 인생이 되는 것이다. 어느 날의 위로가 되고, 언젠가의 계기가 되어 나를 찾아오는.

(혹은 그날에는) 마음속에 암운이 짙게 드리우던 날, 버스 안에서 그 노래가 흘러나왔다. He sang as if he knew me in all my dark despair. 빛나던 순간으로 빠져든다. 낡은 지프가 거친 기침을 내뱉으며 테이프를 삼키면 전주 없는 노래가 시작되고, 구불거리는 시골길을 거침없이 내달린다. 천장에 머리를 찧을 만큼 덜컹거리는 차 안으로 바닷바람이 들이치고, 따가운 빛과 끈적한 공기가 뒤섞여 가슴속으로 파고들던 그 날이, 오늘처럼 있었다.

모든 것을 흐트러트리는

얼어붙은 창가에 여자가 서 있다. 맞은편에는 연인처럼 보이는 남자가 있었다. 여자는 이따금 머리카락을 쓸어 넘기고 입술을 매만지면서 빙그레 웃기만 했다. 하얗게 드러난 앞가슴과 허벅지, 하이힐 속으로 욱여넣은 발등이 파랗게 얼어가는데도.

케이블카에서 사람들이 내린다. 걸을 때마다 하이힐 뒤굽이 눈밭에 푹푹 빠진다. 남자가 내민 손을 붙잡고 여자는 간신히 산길을 걸어간다. 간간이 발목이 꺾이고, 휘청거리는 바람에 속이 보일까 불안한데, 아랑곳없이 즐겁다.

보이는 것이 당신뿐이라 그런 걸까.

생각해보면 당신을 만날 때마다 발꿈치에 상처가 났었다. 어울리지도 않는 원피스를 입었고, 귀에 전화기 대는 것을 싫어하면서도 몇 시간씩 통화했다. 나를 이루던 경계를 무너뜨리는 일이 불편하지 않았다.

　　머리는 산발이 되어가고, 발꿈치는 빨갛게 물이 드는데, 그녀가 웃는다. 그렇다. 창문을 여는 순간 쏟아져 들어오는 바람처럼, 모든 것을 흐트러트리는 사랑이니까.

키스는 입으로만 하는 게 아니다

사람들은 협궤열차를 꼬마라고 불렀다. 궤간의 폭이 표준보다 작았기 때문이다. 무릎이 닿을 만큼 좁은 통로를 발꿈치를 높여 사뿐사뿐 지나간다. 나물 보따리와 수산물 더미, 열어젖힌 창문으로 축축한 갯비린내가 스민다.

무릎과 무릎 사이, 성인영화 제목 같은 그 사이에서 긴장감이 느껴진다. 무릎이 닿을까 봐 꼬리뼈를 찰싹 붙이고 앉았을지, 조금이라도 닿기 위해 애써 미끄러졌을지, 마주 보고 있는 사람이 누군지에 따라 달랐을 마음의 거리.

좋아하는 마음을 그렇게 전했던 날이 있었다. 수줍은 미소와 망설이는 몸짓으로 살며시 기대보던 무릎.

눈빛은 초점을 잃어버리고, 몰래 삼키는 떨림으로 바라
보던 그 순간, 당신의 눈과 입이 슬며시 휘어지던 그때, 어
렴풋이 알게 되었다.

키스는 입으로만 하는 것이 아니라는 것을.

호객

여자의 입술은 빨갛게 흐드러진 꽃잎 같았다. 움켜쥔 생선이 팔딱거릴 때마다 물방울이 튀어 생기를 더했다. 그녀는 내 시선을 쫓아 양손 가득 조개를 담아 내밀고, 붉은 대야에 웅크리고 앉은 문어를 높이 들어 보이기도 했다.

호객의 비결은 소리만이 아닌 것 같았다. 뱅글뱅글 원형으로 나열된 조기, 시기에 따라 구분된 붉은 색감의 새우젓, 일렬로 늘어놓은 갈치와 고등어, 균일하게 펼친 문어 다리. 좌판 위를 수없이 거쳐 갔을 그녀의 손길이 그려진다. 주문을 넣고 기다리는 동안에도 시장 안은 사람들의 마음을 얻으려는 호객 소리로 가득했다. 그러나 그만큼, 떠나가는 모습도 흔했다.

마음은, 준다고 해서 얻어지는 것이 아니다. 성의를 다해도 몰라줄 땐 두둑했던 지갑이 텅 비어버리는 것 같이, 마음도 비어버렸다. 그런 일이 내게 흔했던 것은 아쉽지만, 다른 사람의 마음을 헤아리게 된 걸 보면 나쁘지만은 않은 것도 같다. 횟감을 준비하는 동안에는 호객에서 벗어나선지 여유로워 보이는 그녀였다. 흥얼거리는 입꼬리에서 발긋발긋 피어나는 뺨이 참 예쁘다. 상인들은 아직, 호객 중이었다.

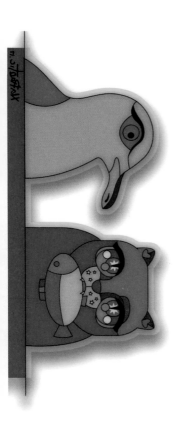

반가운 푸념

처음 사랑을 잃었을 때, 엄마는 입술을 꼭꼭 씹으며 나를 바라보았다. 내 눈물이 찢어낸 엄마의 마음을 보는 순간, 나는 슬픔을 감추는 방법을 알게 되었다. 다만 혼자가 되었을 때 혓바닥 밑에 숨겨놓았던 마음을 푸념으로 쏟아버렸다. 아마 그래서 속병을 앓지는 않았던 것 같다.

푸념은 잃어버린 마음을 어루만지는 것이다. 감정이 상할 때 손톱을 무는 버릇처럼 인정할 수 없는 것에 대한 아쉬움을 노래하는 것이다. 들어주는 이가 없어도 괜찮다. 한 뼘 정도는 편해질 수 있으니,

꼬들꼬들 말라가는 생선 위를 갈매기가 선회한다.

고양이는 좁은 난간에 앉아 손을 뻗는다. 아주머니의 성난 목소리가 허공을 울리고, 달아나는 고양이의 등 뒤로 반가운 푸념이 들리는 오후.

하얀 사슴

안개가 짙게 깔린 공터, 하얀 사슴 떼가 거닌다. 사슴은 기척을 느꼈는지 안개 속으로 사라졌다. 나는 벌게진 얼굴로 주변을 두리번거렸다. 몰아치는 숨소리, 친구가 가만히 내 손을 잡는다. 우리는 사슴이 거닐던 안개 속을 한동안 말없이 걸었다.

나는 사람들에게 사슴을 본 적이 있느냐고 몇 번이나 물었다. 그렇게 하얗고 깨끗한 사슴은 처음이라 혹시, 당신이 다녀간 것이 아닐까 해서.

흔적

온전하게 지키며 살아갈 수는 없어요
죽은 껍질을 묻고 자라나는 나무처럼
나에게도 죽은 것이 켜켜이 쌓여있어요

나만 그런 것은 아니고 사람이라 그런 것도 아니에요
다만 모두가 흔적을 남기며 살아갈 뿐이에요

은둔자

멀리 떠나온 것 같은 차림의 남자가 상념에 잠긴 듯 눈을 감고 있다. 한 손에 별이 든 램프를 들고, 다른 손에는 지팡이를 짚고 있다. 타로 그림 중 가장 좋아하는 은둔자다. 타로에서 은둔자의 카드가 나오면 질문의 답이 내 안에 있다는 것으로 해석한다고 한다.

삶에 어둠이 드리워질 때는 실처럼 가는 빛줄기에도 너무 무거운 기대를 걸었다. 소멸하는 밤이 이어지고 아무것도 보이지 않게 되었을 때 비로소 내가 보였다.

나는 늘 있었던 자리에서, 밝은 곳에서는 드러나지 않는 별처럼 서 있었다.

흰 자리

할머니는 죽은 사람들을 숱하게 봤다고 했다. 섬을 떠나려다 익사한 사람들이었다. 파도에 떠밀려온 시체들을 보면서 죽지 못하는 것이 서럽고, 부러웠다고 했다.

'기억이 슬픈 거야.'

그러나 기억보다 슬픈 건, 기억나지 않는 것인지 모른다. 아무것도 아닌 이야기들로 휘어지게 웃다가 문득 올려다본 너의 얼굴이, 섬광에 가려진 것처럼 하얗게 세어졌을 때, 그 순간 잃어버렸다는 사실과 잊어간다는 현실을 자각하게 되는 것처럼.

트로이메라이*

우리는 새 옷을 입고 태어나 기워진 옷차림으로 돌아가는지 모른다.

거칠어진 마음을 한 땀 한 땀 공들여 기운다.

붉게 물든 모래알을 거스르며 걷는 바닷길, 멀리서 들려오던 트로이메라이. 그때였나보다. 난색의 실이 내 몸을 지나, 흉터 위로 고운 무늬를 만들어가던 것은. 어쩌면, 바라볼 수 있는 용기가 생기던 것도.

멀어지는 섬을 바라본다. 슬픔도, 죽음도, 만남과 헤어짐도 꿈결 같다. 무늬로 덮어놓은 상처가 어느 날에는 불거지기도 하겠지만, 한 땀씩 괜찮아질 것이다.

* 슈만의 피아노곡

나의 계절이 당신에게 봄이기를

말 한마디에도 체온이 담긴다는, 드라마 대사를 생각한다. 36.5℃의 체온으로 살아가는 사람이라, 우리가 건네는 것에는 체온이 담기는 것일까. 어쩌면 그래서 말과 눈빛, 행동을 온도에 빗대어 표현하는지 모른다.

체온은 전해지는 것이다. 눈보라 치는 벌판 위에서 들려오는 너의 목소리, 살 속으로 파고들던 소소리바람 흔적 없이 사라지고, 나는 붉게 돌아와 마음먹었다. 네가 내 세계에 꽃을 피운 것처럼, 이제 나의 계절은 봄이어야 하겠다고.

나이테

빛이 암흑을 가르자 한 남자가 등장했다. 다섯 자도 넘어 보이는 북을 치는 그의 얼굴은 조명이 닿는 곳마다 깊은 벼랑이 생겼다. 한 줄기 빛이 더해지고 무대의 가장자리에서 여자가 나타났다. 그녀는 무언가를 뱉어내는 듯한 몸짓을 하다 돌연 괴성을 질렀다.

공연이 끝난 후, 작은 선술집에 모였다. 전위적인 작업을 하는 예술가들의 모임이었다. 그즈음 나는 행위예술에 심취해 있었고 그 부류의 사람들과 분위기를 동경했다. 심도 있는 대화가 오가는 중, 공연에서 북을 치던 남자가 깡통 테이블이나 양은그릇 같은 집기를 두드리기 시작했다.

그러자 옆에서 흐늘흐늘 리듬을 타던 여자가 허밍을 더했고, 그들을 바라보던 나는 술도 없이 취해버렸다.

이따금 나에게서 당신의 자취를 발견한다. 느릿하게 어깨를 들어 올리며 슬쩍 미소 짓는 행동이나, 얼마든지라는 말을 입버릇처럼 하는 것같이, 당신이 하던 언행을 나도 모르게 쓰고 있을 때, 나이테를 새기며 굵어지는 나무처럼 어쩌면 나도 당신들의 흔적이 모여 이뤄진 결합체 같다는 생각을 하게 되는 것이다.

후회는 늘, 한걸음 늦다

나무가 베이던 날, 나는 그만 소리 내어 울어버렸다. 그 위로 아스팔트가 덮이고 차가 지나다니는 것을 보면서 나는, 아무도 기억하지 않는 나무를 그렸다.

도로가 된 나무, 파헤쳐진 산의 붉은 속살을 목격할 때, 화분에 물을 주며 숲을 상상하는 날이 올지도 모르겠다는 생각을 한다. 써큘레이터에서 흘러나오는 바람을 맞으며 어렴풋하기만 한 햇살과 바람을 떠올리는 그때, 우리는 어떤 후회를 하게 될까.

있음이 당연하게 여겨지는 것에게 없다는 가정을 씌우면, 심장은 어느 틈에 구멍 난 풍선처럼 쪼그라들어 버린다.

그러면서도 자주 잊어버리고
문득 알아차리면서 살아간다.

근심은 갈잎 아래 묻어두고 다녀, 오세요

　안면송은 검은빛을 띠는 해송과 달리 붉고 단단해서 궁궐을 짓는 목재로 쓰였다. 또한, 안면도 인근에서만 자생하는 종이라 편리가 파고드는 숲의 자리를 오랜 세월 지킬 수 있었다. 천년의 시간이 깃든 노송숲을 걸을 때면 나는 늘 꿈을 꾸는 듯한 기분이 든다.

바람이 전해준 솔향을 깊이 들이마셔 부패한 감정들을 쓸어낸다. 한결 가벼워진 기분으로 나서는 길, 문득 뒤돌아 선다. 가닥가닥 흔들리는 솔잎이 언제라도 오라는 손짓 같아서.

안아줄래요?

플라톤의 [향연]에는 태초의 인간에 대한 아리스토파네스의 연설이 나온다. 그에 따르면 인간은 원래 두 사람이 가슴을 맞댄 채 반대편을 바라보고 있는 형상이었다. 신에 버금갈 만큼 강하고 빨랐던 인간은 점점 오만해졌고, 분노한 제우스는 그들을 반으로 갈랐다. 그 후로 인간은 분리된 반쪽을 그리워하며 살게 되었다고 한다. 밑줄이 빼곡한 향연의 페이지를 펼친다.

'누구나 자신의 반쪽을 만나면 친애와 친근감, 사랑에 압도된다. 잠시도 서로에게서 떨어져 있고 싶어 하지 않는 것처럼.'*

이유 없이 끌리는 사람이 있다. 거둘 수 없는 시선, 조급하게 뛰는 심장, 어느새 두 개의 심장은 하나가 되어 고동친다. 아리스토파네스의 태초의 인간처럼, 섬세한 감각으로.

* 플라톤 '향연'에서 변형

가장 예쁜 오늘

작업실에 들어서자 흑연과 향수가 뒤섞인 향이 물씬 풍긴다. 잠시 걸음을 멈추고 라디오에서 흘러나오는 Lake Louise*에 귀를 기울였다. 파티션을 돌아서자 이젤을 앞에 두고 앉은 그의 뒷모습이 보였다. 늘어진 니트, 한쪽으로 꼰 다리. 사각거리는 소리가 더해질수록 짙어지는 몰리에르*. 인기척을 느낀 그가 뒤돌아보았을 때, 모든 것이 정지되는 것 같았다.

그는 나를 의자에 앉히고 이젤 뒤로 물러났다. 흔들림 없는 눈빛으로 스케치를 이어갔다. 이따금 생각에 잠겼고 매운 걸 먹었을 때처럼 입소리를 내기도 했다. 어쩌다 눈이 마주치면 엷은 미소를 지었다. 나는 사소한 동작 하나도 놓치지 않고 머릿속에 새겼다. 아름다움을 그린다면 그날을 떠올릴지 모르겠다.

　음악과 향, 사각거리는 연필 소리와 함께 그를 기억하는 것처럼, 날씨나 냄새 혹은 음악과 글이 어우러질 때 기억에 남는 풍경이 된다. 이를테면 물안개가 피어오르는 주산지라던가. 눈꽃 핀 사려니 숲처럼. 버스커버스커의 노래가 흐르는 여수의 바다와 박인환의 시를 음미하며 걷는 인제의 가을처럼.

보름의 월영교, 사기그릇 같은 달을 보며
나는 몇 번이고 되뇌인다.

둥근 달을 좋아하는 건,
당신을 그릴 수 있어서인지 모른다고.

* Yuhki Kuramoto
* 몰리에르 석고상, 17세기 극작가.

안동 여관

그 여관은 나에게 꼭 맞는 곳이었다. 안동 일대 어디를 가도 그보다 저렴할 수는 없었고, 무엇보다 창문 너머의 풍경이 마음에 들었다. 안내를 받고 들어간 방에서 침구를 꺼내다가 깔개에서 짙은 얼룩을 발견했다. 찝찝한 마음에 교환해달라는 전화를 하고 다시 살펴보니 이불에도 머리카락과 얼룩이 묻어있었다. 마침 도착한 할머니에게 깔개를 받아들면서 말했다.

'이불도 바꿔주세요.'

할머니는 슬리퍼를 벗어 던지고 들어와서는 뭐가 더럽냐고 따져 물었다. 이리저리 이불을 뒤척이자 사방으로 먼지가 날렸다. 그 상황을 회피하고도 싶었지만 나도 할 말은 해야겠단 심산이었다.

'바꿔주세요. 누가 썼던 것 같아서요.'

할머니는 나를 한참 쏘아보더니 이불을 바닥에 내동댕이쳤다. 돈을 돌려줄 테니 나가라며 날 선 핑계를 늘어놓았다. 마음 같아선 당장이라도 나가고 싶었지만 늦은 밤이었다. 나는 할머니가 두고 간 이불 더미를 구석에 던져놓고 맨바닥에 누웠다. 이리저리 뒤척이느라 창밖이 밝아올 무렵에서야 잠이 들었다.

여관을 나서려는데 할머니가 아무 일도 없었다는 듯 잠은 잘 잤냐고 물었다. 나는 답례도 없이 돌아섰다. 멀어지고 있는데도 할머니의 마지막 모습은 눈앞에서 떠나지 않았다. 그날 이후에도 느닷없이 그 모습이 떠올랐다. 그럴 때마다 나는 여관에서 보낸 밤처럼 불편해졌다.

창가의 난초

오래된 종이와 낡은 목제 가구, 가죽 재질의 책표지의 냄새들이 뒤섞인, 도서관에서는 늘 그런 냄새가 난다. 체취처럼. 체취가 스트레스 지수를 낮춘다는 뉴스 기사를 본 적이 있다. 그래서일까. 도서관에 갈 때면 이상하리만큼 차분해지던 것은.

하늘거리는 창가의 난초 가지와 잎 그리도 향그럽더니

가을바람 잎새에 한번 스치고 가자 슬프게도 찬 서리에
다 시들었네.

빼어난 그 모습은 이울어져도 맑은 향기만은 끝내 죽지
않아,

그 모습 보면서 내 마음이 아파져 눈물이 흘러 옷소매를
적시네.

_ 허난설헌 감우(感遇)

감우한다는 것은 마음으로 바라보는 것을 말하는지 모
른다. 말간 하늘 위에 피어난 난초의 향이 창 안으로 불어오
자, 다가올 어둠을 알지 못하는 얼굴, 가만히 미소 짓는다.

잔칫날

조각난 생각을 다듬고, 여러 습작을 거쳐 작품을 만든다. 몇 년이 걸리기도 하는 그 시간 동안, 싸워야 할 것은 창작의 고통뿐이 아니다. 생계의 불안이나 조급증, 열등감과 같은 것들을 견뎌야 하기 때문이다. 전시회는 일주일에서 한 달 남짓이다.

때 묻은 작업복 속에 구겨져 있던 몸을 화려한 옷과 구두, 프리지어 향이 감도는 향수로 치장한다. 눕혀지고 겹쳐져 있던 산물들을 곱게 포장하고, 자리를 정한다. 진열된 작품들을 바라보며 지나간 시간을 회상한다. 사람들이 모여들고, 시간은 깃털처럼 날아간다. 모두가 떠난 자리. 화장기 없는 얼굴로 둥둥 떠다니는 산물을 하나하나 거두어 포갠다.

마음의 울림을 숨기느라 억지 기침을 하면서.

뒤늦게 밀려오는 공허는 빛나는 순간들이 더는 존재하지 않는다는 상실감 때문일지 모른다. 환희의 순간들이 사진 속에서만 존재하는 일이 되어버렸으니 순간 훅하고 꺼져버리는 것이다.

그래서일까. 잔칫집을 갈 때면 슬퍼지던 것은.

왜 너의 공허는 채워져야만 한다고 생각하는가. 처음부터 그것은 텅 빈 채로 완성되어 있었는데. _ 신해철

긴 머리

긴 머리를 좋아해서 길렀던 게 아니야
단발부터 시작된 우리 인연이
바닥에 흩어진 머리카락처럼 흩어져버릴까 봐

사랑이 피어날 때부터
자라난 것들은 아무리 살펴봐도
허튼 것이 없고, 도려낼 것도 없어서
비틀비틀 꼬여가는 시간을
다른 사람의 것처럼 바라보고 있었어

사랑한 시간만큼 자라난 머리카락을 자르지만 않는다면
지킬 수 있으리라는 동화적인 상상을 하면서

안단테

서른이 넘는 나이에 모아놓은 돈 한 푼 없는 현실은, 운명이라 생각했던 직업을 무의미하게 만들었다. 방 한구석 쌓여있는 작품들을 볼 때마다, 불태우고 싶다는 상상을 하도록.

아침 냄새, 골목에 깃드는 일상, 황혼의 하늘과 누군가의 웃음소리처럼. 나를 살게 하던 것은 왜 다 쓸모없는 것들뿐일까. 자책으로 얼룩진 밤이 지고, 세상 속으로 달려간다. 통장에는 숫자들이 새겨지고, 생색 내는 일들도 생겼지만, 다시 뒤처지기 시작했다.

마을 곳곳에 들르느라 해가 저문 뒤에야 종점에 들어서는 완행버스처럼, 곧게 나가지 못하는 나라서 그런지 모르겠다.

안단테 칸타빌레, 노래하듯 천천히, 산을 오른다. 정상까지는 가지 못할 수도 있겠지만 서두르지 않는다. 빛에 부서지는 나뭇잎들을 올려다보면서, 부드럽게 으깨지는 흙의 질감을 느껴보면서 한 걸음, 다시 한 걸음.

두 눈을 감으면

흐린 수풀 사이, 안개가 자욱하게 덮은 강가, 빛이 없는 초원의 밤하늘에서, 선명하게 보이는 것들이 있다. 내 손바닥에 꼭 맞는 너의 손바닥, 꽃과 수풀처럼 어울리는 미소, 머리카락 사이를 드나드는 숨결. 우리가 앉아있는 언덕에 노을이 지고, 떠나가는 새들을 바라본다. 너는 가만히, 돌아올 거라 속삭인다.

샤를로트 벨리에르의 동화, '두 눈을 감으면'. 오리안은 인형 두두가 살아있다고 믿는다. 그들은 힘을 합쳐 괴물을 물리치고 모험을 떠나기도 한다. 하지만 어느 날부터인가 인형이 움직이지 않고, 불안해진 오리안은 할아버지에게 도움을 청한다.

'두 눈을 감아보렴'

눈을 감아야 만날 수 있어서, 자꾸만 눈을 감는 걸까. 하지 말았어야 했던 말을 거둔 자리에, 했더라면 좋았을 말을 내려놓으며, 너절해진 마음을 다독인다.

늦가을의 논바닥처럼, 마른 마음에 바람이 분다.

스노우볼

눈 내리는 마을을 봉인한 스노우볼
흔들면 살아나는 풍경이 흘러내린다

애를 태우며 잊으려던 것을
정말로 잊어버린 날

소복한 먼지를 불어 날려버렸다,
정지된 풍경을 바라보다가

*

흐릿해진 기억을 정말 잊어버렸다고 착각한 날에도 점점

또렷해지는 기억들이 있다. 흔들리는 택시에서 슬며시 기대보던 어깨, 달빛이 맞붙은 마음을 비집고 들어오던, 그 여름처럼.

다섯 번째 달*

　　송강 정철은 관동별곡에서 경포호의 수면이 비단을 다린 것처럼 잔잔하여 모래알까지도 헤아릴 수 있다고 묘사했다. 정조는 해 질 무렵, 안개가 자욱한 호수 위를 지나는 흰 갈매기를 세조는 송림 사이로 거니는 선남선녀의 모습을 시에 담았다. 누각으로 향하는 길에 놓인 시문과 풍경을 가닥가닥 겹쳐보며 그 시대의 풍류를 그려본다.

　　달빛 아래 가야금연주가 시작되면, 뱃머리에 앉아 시를 읊는 나그네 음성이 허공에 빛살을 친다. 하나둘 밝혀지는 조각배 등불 수면 위로 흩어지고, 마주치는 눈빛에서 일렁이는, 바람 같은 소란이, 호수에 잠긴 달을 가만가만 흔드는 밤.

어둠도 환하게 느껴지는 것은

스치고 간 당신의 눈동자가 내 눈 속에 여울져서 일까.

* 경포호에는 다섯 개의 달이 뜬다고 한다. 호수에 뜨는 달, 바다에 뜨는 달, 하늘에 뜨는 달, 그리고 술잔에 깃든 달. 훗날, 님의 눈동자에 뜨는 달이 더해졌다.

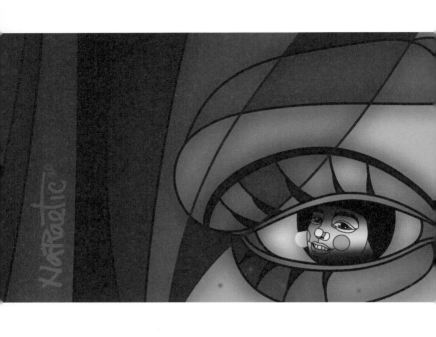

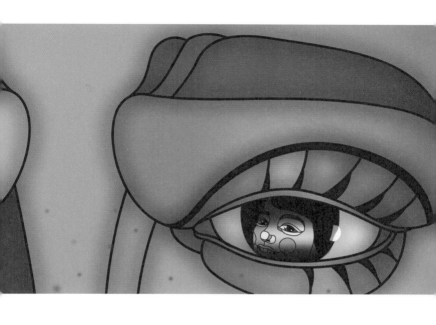

스칸디나비아

부고를 받고 가는 길이었다. 가까워질수록 깊어가는 겨울의 골목, 얼음벽 같은 창문 너머에 그녀가 있었다. 하룻밤새 검어져 버린 얼굴을 막연히 가늠해보다 나는 그만 이마를 감싸고 주저앉아버렸다. 겨울에는 해가 뜨지 않는 스칸디나비아처럼, 그녀의 삶에 극야가 다가오고 있었다.

극야는 백일 정도 지속한다. 빛이 들지 않는 곳에서 빛의 존재를 잊어버리게 될 때, 다시 태양이 뜬다고 한다. 그 정도 기간이었던 것 같다. 파리한 얼굴로 붉어진 눈이 더 발개지도록 비비면서, 죽으면 아무것도 할 수가 없다는 말을 구토하듯 쏟아내던 것은.

이별의 순간들을 떠올려본다. 아프지 않은 이별은 없었
으나, 잇댈 수 없는 것에는 같은 차원에서 느낄 수 없는 무
력감이 존재하는 것 같았다. 이를테면 언젠가 한 번쯤 마주
칠지 모른다는 가능성이나, 세월이 깃든 모습을 상상할 수
없는 것 같이.

골짜기

민박집은 폐허가 되어있었다. 못 볼 걸 보기라도 한 것처럼 나는 황급히 돌아섰다. 모두 어디로 간 것일까. 져버린 사랑처럼 온통 지는 것만 남겨 두고서. 쇠할 대로 쇠해서 황폐하기까지 한 그곳에, 한때 영원할 것이라 믿었던 관계가 통증처럼 밀려온다.

관계는 능선처럼, 곧이 가는 법이 없다. 솟아오르기도 곤두박질치기도 한다. 느닷없이 나타나는 벼랑과 길이 사라진 숲, 대비할 수 없는 상황에 소스라치게 놀라면서 이어가는 것이다. 간혹 삶이 다하는 순간까지 이어지기도 하지만, 대부분은 흐지부지해지거나 느닷없이 끝나버리기도 한다.

나는 우리의 관계가 골짜기쯤이 아닐까 생각했다. 암흑 속을 헤집다 새어 나온 한 줄기 빛에 희망을 품어보기도 하지만, 내 위치가 골짜기라는 사실을 다시금 각인시킬 뿐인.

사랑이라서 그렇다

꽃의 마음으로 바라보던 빛이 암흑이 되었는데
무섭고 아픈 건 당연하다

곁에 머물던 아름다움을 모두 잊어버리면서까지
나는 아픔만 붙잡고 있었다

사랑이라서 그랬다

도란도란 번지는 대화,
해변의 웃음소리, 짙고 푸른 풀 냄새.

쉼 없이 몰아치는 파도와 하얀 거품,

파란 것들을 전부 담은 바다

눈부신 햇살과 일렁이는 노을
온통 너뿐인 내 눈동자, 나로 가득하던 너

사랑이라서 그렇다

후유증

한해가 봄인 줄 알았는데, 입김을 불어 겨울이라 적는다.

뒤돌아 걸어가면, 점으로도 볼 수 없을 만큼 멀어지면, 그게 이별인 줄 알았는데. 물이 가득한 눈으로 바라본다. 나날이 짙어지는 사랑의 잔재를.

눈동자

달처럼 말간 얼굴에,
달처럼 동그란 눈동자
거기에 내가 있다.

너의 얼굴을 흐려
나를 바라본다.

네가 바라보는 곳마다
내가 보여서, 나는 자꾸만

너를

바라보게 되는 걸까

너여야만 하는 것에 대해

종종 비둘기호를 타고 춘천에 갔었다. 예기치 않게 다가
오는 삶의 균열을 그렇게 견뎌냈다 해도 지나치지 않을 것
이다. 열차에 오르면 맨 끄트머리로 갔다.

작은 창 너머로 멀어지는 풍경에 시선을 묻고, 눈꺼풀 위
로 스치는 빛과 어둠의 자취를 가늠해보다, 문득 내리고 싶
은 마음이 들면 그곳에 내렸다. 목적지는 춘천이었지만, 어
느 날에는 강촌이었고 경강이나 김유정이기도 했다. 생각해
보면 어디를 가야 했던 것은 아니었던 것 같다.

전철이 오가는 지금에도 나는 여전히 비둘기호를 타야
할 것만 같다.

작은 역들을 빠짐없이 들리느라 느려터진 발걸음이어야 하고, 들뜬 꺼풀을 신문지로 누른 채 앉아야 하고, 페인트가 벗겨진 창틀로 바라보는 풍경이어야만 하는. 네가 아니면 의미 없어지는 순간들처럼, 옛 추억도 삭아간다.

시간은 과거로 흐르지 않아서, 낡고 오래되면 바뀌어 가는 것이 맞겠지만.

때로는 영원히 변치 않기를
바라게 되는 것들도 있었다.

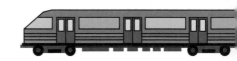

같이 있지 않아도

    우리는 터키블루의 바다를 유영하고, 사막의 끝으로 녹아드는 노을을 바라보았다. 포슬포슬한 눈밭에 누워 옥빛의 오로라 위로 수놓아진 별들을 헤아리기도 했다. 이야기를 마칠 때면 나는 늘, 같이 가보자고 했다.

    마침표를 찍듯 그 말을 했던 것은, 서로를 생각한다면 같이 있는 것이나 다름없다고 여기기 때문이다. 같이 있다는 것은 어쩌면 존재가 아닌, 존재감의 유무일지 모른다.

    쓰자마자 달아나는 너의 이름을, 깊이 더 깊이 모래에 새겨 넣는다. 언덕에 오르면서 점점 멀어지는 바다 위에 너를 그린다.

청자색 물빛이 너의 눈망울을 보는 것 같아 입가에 미소가 번진다. 흰 여울 길에는 이제 막 산수유 꽃망울이 터지고 있었다.

바다는 오월의 꿈처럼 눈부시고

햇살이 차락차락
자장가를 부르면
걸음마다 눈꺼풀이 감기는데

오월에는 향기가 나고
오월에는 풀씨도 날개를 달지
오월에는 마른 것마다 살이 오르고
마주치는 눈빛마다 꿈처럼 눈부셔서

일렁이는 세상 속에 풀어져버리는 눈동자를
노곤히 꿈꾸는 날이 많아져

나날이 오월 같던, 너와의 날들
눈부셨던 일들을 꿈꿀 때

곁에 서있어
꽃처럼 풀잎처럼

피정

예술가의 역할에 대해 생각해본 적이 있다. 십 년이 넘는 시간 동안 돈도 안 되는 예술을 하는 내가, 스스로 대체 무얼 하고 있느냐고 물었던 것이다. 나의 대답은 예술가들은 조금은 다른 방식으로 세상을 본다는 것. 그러한 시선을 작품에 담아 새로운 지평을 마련한다는 것이었다. 일상성에서 벗어나 자신을 돌보는 일, 앙가주망*의 측면에서 치유라는 목적을 가질 수 있을지도 모르겠다.

예술가가 손을 내려놓으면 작품은 모두의 것이 된다. 나는 전시 기간에 자리를 지키는 편이다. 작품을 매개로 이뤄지는 소통이 좋아서다. 한번은 중년의 부인이 환히 웃고 있는 작품 앞에서 내내 서글픈 표정을 지었다. 그녀는 그림이 너무 슬프다고 했다. 자신이 그랬던 것처럼, 저 사람도 속으로는 울고 있을지 모른다고. 언젠가는 사회초년생처럼 보이는 남자가 전시 동안 여러 차례 작품을 보고 갔다. 그는 마지막 날에도 어김없이 나타났다. 어쩌다 눈이 마주쳤고 서로 수줍어 어색한 미소만 나누었지만, 왠지 알 것 같은 마음이었다. 손 없이 주고받는, 그런 일들이 좋아서 나는 작업을 이어가는지도 모르겠다.

피정이란 말이 있다. 종교인들이 쇄신을 위해 잠시 물러나 심신을 새로이 하는 것이다. 나는 그림을 보는 것이 피정이 될 수 있다고 생각한다. 괴롭고, 외로울 때. 막연한 그리움에 사로잡힐 때, 누군가 그려놓은 마음에 잠겨 여러 겹의 마음을 한 겹 한 겹 벗겨내 보는 것이다. 그래서 오늘도 그림을 그린다.

* 지식인의 사회참여. 프랑스 사회의 원동력을 일컫는 말. 사르트르가 개념화했다.

나의 세계

프랑스 작가 스탕달은 피렌체를 여행하던 중 베아트리체 첸치의 초상화를 마주하게 된다. 그는 순간 호흡곤란을 비롯한 여러 증상을 겪게 되는데, 무려 한 달 동안 벗어나지 못했다고 한다. 이후 작품을 보고 겪게 되는 흥분, 혼란 등의 심리적 현상을 '스탕달 신드롬'이라 부르게 되었다. 감수성이 예민한 사람들에게는 종종 일어나는 일이기도 하다.

마음을 울리는 영화나 연극, 시각 작품들을 감상할 때면 마취된 것처럼 정신이 흐려지곤 한다. 여운은 쉽사리 잦아들지 않고, 애를 써도 벗어나기 힘들다. 일을 할 때 특히 심해져서, 전시를 앞두면 악몽에 시달리고 작은 실수에도 밤새워 뒤척인다.

온몸에 빨간 반점을 남기는 두드러기와 두통. 나는 털을 쭈뼛 세운 고양이처럼 긴장 상태로 접어든다.

벗어나려 노력한 적도 많았지만 그럴 때마다 내가 점점 소멸하는 것 같았다. 어쩌면 우리의 세계는 너무 연약해서 북극의 빙하처럼 자주 무너져 내리는지 모른다. 생각해보면 화가가 된 것도, 불쑥 혼자 여행을 떠나는 일들도, 나를 지키기 위한 몸부림이었던 것 같다.

링반데룽

'링반데룽'이라는 등산 용어가 있다. 방향감을 잃고 같은 자리를 맴도는 현상이다. 분명 나아가고 있다고 생각하지만, 제자리인. 링반데룽은 산에서만 일어나는 일은 아닌 것 같다. 최선을 다해도 뒤처지고, 행복이 나만 비껴가는 것 같을 때면 링반데룽에 빠진 것 같은 기분이 들곤 하니까.

길을 잃었을 때, 나는 어둠이 내린 산속에 가만히 앉아있었다. 얼마가 지났을까. 멀리서 희미한 말소리가 들려왔다. 마지막 기회일지도 모른단 생각에, 절벽처럼 보이던 언덕 앞에서도 머뭇거리지 않았다. 작은 빛이 하나둘 늘어나더니 어느덧 마을 길 앞에 다다랐다.

"산행 중에 링반데룽에 빠지면 나아가기를 멈춰라"

전문가의 조언이다. 길이 보이지 않을 때는 잠시 멈춰보
자. 마음을 가다듬고 지금 내가 헤매고 있다는 사실에 집중
해보는 것이다. 가끔은 헤매고 있다는 사실조차도 모를 때
가 있으니.

* 링반데룽Ringwanderung/ 등산상식사전 참조

내 마음을 적는다

누군가에게 털어놓는 것도 상처가 될 때, 셰퍼드 코미나스는 일기를 써볼 것을 제안한다.* 나는 아무것도 쓸 수가 없었다. 빈 노트를 펼쳐두고 며칠째 바라만 보았다. 흘려 쓴 글씨처럼 알아볼 수 없던 나의 마음을.

처음 한 문장을 적었을 때는 한참을 울었던 것 같다. 그러다 두 문장, 세 문장, 한두 쪽의 글로 이어졌고 뭉개진 감정이 점차 또렷해지기 시작했다.

나의 아픔을 치유할 수 있는 사람이, 다른 사람이 될 수는 없다. 병든 나를 안타깝게 여길 수는 있어도 대신 아파줄 수 없는 것처럼.

오롯이 혼자서 견뎌야 한다.

* 치유의 글쓰기_셰퍼드 코미나스

묘약

라디오를 켜고 산길로 들어선다. 감미로운 소나타 선율에 여자의 목소리가 차르륵 감긴다. 하늘로 뻗어 나간 나뭇가지 사이에서 보이지 않는 새들의 노랫소리가 나르고, 굽어 자란 나무줄기 사이로 작은 산짐승들이 오간다. 숲에 서린 습기 때문일까. 자꾸만 눈을 깜빡인다.

느닷없이 울음이 터졌다. 얼마 전 미끄러진 전시회 때문일까. 아침부터 이상하리만큼 꼬이던 일들 때문일까. 아니면 코앞으로 다가온 결혼 때문일까. 출처를 알 수 없는 눈물이었다.

그런 울음은 언제나 느닷없이, 불현듯, 문득……
별안간 찾아온다.

눈물에 희석된 감정들이 쏟아지게 둔다.
겨울의 폭우처럼 쏟아져 내리게.

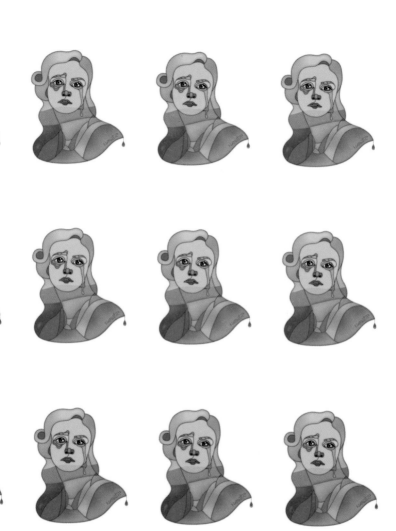

로망

별빛 머금은 바닷속으로 미끄러진다.
꿈꾸듯 헤엄치다 보니 산호 숲 가운데였다.
설핏 스치기만 해도 상처가 나는.

날카로운 산호 때문에 입어야 한다는 전신 슈트는 애초에 챙기지도 않았다. 블루 큐라소가 풀어진 듯 영롱한 몰디브 바다라면, 비키니도 거추장스럽게 느껴졌으니까. 로망은 쇼윈도의 상품처럼 현실을 포장해서, 바라던 일이 실현되기 전까지 그 속을 알기란 쉽지 않고, 안다고 하더라도 부정하게 만드는 것 같다.

결혼에 대한 나의 로망은 따뜻한 색감의 유화 같았다. 핑크빛 장미 넝쿨이 우거진 담벼락, 라임색 잔디. 빨간 지붕의 오두막집 앞에 선 남자와 여자, 잠든 아기가 그려진 동화 같은 모습. 동화는 그러나 가장 행복한 순간에 결말을 짓고, 오래오래 행복하게 살았다는 문장으로 삶의 세목을 괄호 친다. 그런데도 로망을 지향하지 않은 것은, 발가벗은 현실 앞에서는 여간해서 한걸음 내딛기도 벅찰 것 같아서다.

종려나무 그림자

    욕실은 눈물의 방이었다. 울기 위해 나는 하루에도 몇 번 씩 샤워를 했다. 아기를 낳은 일은 생각처럼 기쁘지만은 않 았다. 점점 피폐해져 가는 나를 보다 못한 남편이 병원에 데 려갔고, 우울증을 진단받았다. 일을 마치고 오면 남편은 옷 도 벗지 않고, 내 등을 떠밀었다. 나는 번쩍이는 거리를 정 처 없이 걸었다.

    달빛에 흔들리는 그림자를 바라보다 잠이 들었는데, 축 축한 느낌이 들어 눈을 떴다. 비릿한 젖 냄새가 났다. 덜 깬 상태로 이불을 안고 화장실 문턱에 앉았다. 손끝이 아릴 만 큼 비벼도 말끔해지지 않았다. 창밖이 파르스름해진다. 종 려나무 두 그루가 흔들리고 있었다.

"간밤의 그림자가 너였구나."

괜찮다고, 잠시 가려졌던 것뿐이라고,
거듭거듭 되뇌었다.

곁에 있나요

'출산을 앞둔 아내가 있었어요. 아내와 어디론가 가고 있었는데……'

남자는 말끝을 흐리며 더는 기억이 나지 않는다고 했다. 눈을 떠보니 병원이었고, 아내를 찾는 그에게 사람들은 장례를 치른 지 이미 열흘이나 지났다고 말했다. 때마침 창문이 덜컹거리는 소리가 났고 그는 겉옷을 여미면서 태풍이 지나가는 중이라고 했다.

빗방울이 창문에 흘러내린다. 나는 뭔가 잘못한 사람처럼 고개를 떨군 채 그저 가만히 있었다. 적막을 깨고 그가 물었다.

'사랑이 무엇이라 생각해?'

나는 숱한 사랑의 정의들을 떠올렸으나 그의 대답은 심플했다.

'곁에 있는 거야'

모서리가, 모서리가 아닌 것처럼.
깎여나가는 모서리를 바라볼 때. 그제야 부재를 깨닫게 되는 것이다.

노란 속살*

　모서리를 꿰매놓은 듯 떨어질 줄 모르다가, 손끝조차 닿기 싫어서 주머니 속에 찔러넣는다. 그렇게 뜨겁고 차가운 순간들을 지나면서 사랑의 밀도가 높아지는 것일까.

　어느새 나는 당신의 뒷모습만 봐도 하루를 가늠할 수 있게 되었다.

　접벅접벅. 진흙 길을 걷는 것처럼 늘어지는 구둣발 소리. 유리 너머에서 서성거리는 실루엣은 보면서도 먼저 문을 열지 않는다. 그는 아무렇지 않은 듯 들어서고, 나는 벗어놓은 구두 축을 한동안 바라본다.

텔레비전 소리가 한숨을 덮고, 도마소리에 걱정을 묻는 저녁. 두어 가지 반찬을 더 만들어 밥을 먹고 잠자리에 든다. 몇 마디 나누지 못하고 잠이 든 당신을 바라보다, 구름 발로 걸어가 신발장을 뒤진다. 헐지 않은 구두를 꺼내 입김을 불어 문지르고는 가지런히 내려놓는다.

* 황태의 속살은 얼고 녹는 과정을 반복하면서 노란 속살로 거듭난다.

묽은 노을 한 잔

노을이 진다. 날이 좋았다면 근방을 붉게 태우고도 남았
을 것이다. 전망대엔 나 혼자였다. 따뜻한 커피를 모금모금
넘길 때마다 장면은 기억이 되었다.

자색 칠면초가 갯벌 위를 흐른다. 한 모금. 인부가 떠난
소금창고에, 걸음을 멈춘 물레가 기대선다. 또 한 모금. 풍차
와 소나무, 두 남녀가 한 뼘의 거리를 두고 원두막에 앉아있
다. 다시 한 모금.

나는 식어가는 커피를 조금씩 나누어 먹으며 갯벌 바닥
이 발갛게 물들고 다시 검어질 때까지 그대로 있었다. 어둠
은, 서두르지 않았다.

마음 언저리를 푸르게 물들이는 침묵이 평온하다. 도망치고 싶을 때는 오늘처럼 안개가 자욱했으면 좋겠다. 묽어진 풍경은 나를 감춰놓기에 더없이 좋을 것 같다.

마지막 한 모금의 커피, 새들이 어둠을 매달고 날아간다.

나인, 당신에게

지나는 순간들이 아쉽지 않습니다. 지금 하고 싶은 일을 하려 노력할 뿐입니다. 어떤 기억은 지금이 그 순간인 것처럼, 착각하게 만들곤 합니다. 그러면 그때의 감정들이 고스란히 내 곁에서 살아나지요. 나는 어쩌면 그런 기억으로 이루어진 사람인지 모르겠습니다. 그래서 삶이 조금 무료하더라도 나쁘지는 않을 것 같습니다.

내 오랜 연인, 나의 뮤즈. 부족한 아내지만 믿다 하지 않아 고마워요. 당신이 내게 어떤 의미인지 매일 말하지 않아도 늘 알아주길 바랍니다. 혹 잊으실지 몰라서 한 번만 적어 둡니다. 나는 하얀 풀씨처럼 당신이 부는 방향으로 날아갑니다.

아침마다 그렁그렁한 눈망울로 돌아서던 아들이, 집필 기간 훌쩍 자라서 열심히 일하고 오라는 말을 합니다. 여전히 눈가가 발간 것을 보면 엄마를 보내는 게 네 살 아이에게는 쉬운 일이 아닌가 봅니다. 그 애 앞에 서면 요즘 욕심이 조금 납니다. 말갛게 나이 들고 싶다는.

한결같이 허무맹랑했던 딸을 변함없이 존중해주시는 부모님께 깊은 감사를 드립니다. 그러나 이 책은 강 여사님께 제일 먼저 드리고 싶었습니다. 몇 편의 시를 병상에서 읽어드리긴 했지만, 이제 한 권을 다 읽어줘도 부족한 그녀에게요. 곁에 없다는 건 콩쥐의 장독 같은 건가 봅니다. 아무리 담아도 속절없이 새어 나가버리니까요.

'당신은 지는 순간까지도 어찌 그리 고운가요.'

왠지 알 것 같은 마음　　　　　　초판 1쇄 2022년 8월 31일

지은이　　　　금나래
펴낸이　　　　최대석
편집　　　　　최연, 이선아
디자인1　　　 H. 이치카, 김진영
디자인2　　　 이수연, FC LABS

　　　　　펴낸곳　　　　행복우물
　　　　　등록번호　　　제307-2007-14호
　　　　　등록일　　　　2006년 10월 27일
　　　　　주소　　　　　경기도 가평군 가평읍 경반안로 115
　　　　　전화　　　　　031)581-0491
　　　　　팩스　　　　　031)581-0492
　　　　　홈페이지　　　www.happypress.co.kr
　　　　　이메일　　　　contents@happypress.co.kr
　　　　　ISBN　　　　　979-11-91384-31-4　03810
　　　　　정가　　　　　16,000원

　　　　　　이 책의 국립중앙도서관 출판예정도서목록(CIP)은
서지정보유통시스템 홈페이지(http://seoji.nl.go.kr)와
국가자료공동목록시스템(http://nl.go.kr/kolisnet)에서
　　　　　　이용하실 수 있습니다.

Publisher's Note

instagram

 blog

네가 번개를 맞으면 나는 개미가 될거야

장하은

Jang Haeun

네가
번개를 맞으면 나는 개미가 될거야

장하은

출간 즉시 베스트 셀러

불안장애와 숨고 싶던 순간들,

소심하고 내성적인 아이에서 불안한 어른이 된 이야기

> " 너무 좋았습니다. 방에 불을 꺼두고 침대 위에 앉아 작은 태양 같은 조명 아래 있으면 이 책만 읽고 싶은 나날들이었습니다. 읽은 페이지를 또 읽고, 같은 문장을 반복하다가, 홀로 작가님의 글을 더 보고 싶어 책갈피에 적힌 작가님의 인스타에 들어가 보았습니다. 역시나 너무 멋진 분이셨어요. 제게 책을 읽고 먹먹해진다함은 작가가 과연 어떤 삶을 살았기에 이런 글을 쓸 수 있는 걸까, 궁금해지는 것을 말합니다. _ 북리뷰어 Pourmeslivres*님 "

> 그럴 땐 당황하지 말고 그것도 너의 감정이라는 것을 인정해 줘.
> 억지로 감정을 바꾸려고 하지 말고. 그 감정에 함께 머물러주며
> 그대로 표현하게 해보는 것도 필요하거든.
> _ 본문 중에서

Jang Haeun

* 북리뷰어 Pourmeslivres 는 인스타그램에서 진솔하고 적확한 도서 리뷰를 통해 수많은 애서가들에게 호평을 받고 있다. 인스타그램 @pourmeslivres

삶의 쉼표가 필요할 때

R edition

꼬맹이여행자

퇴사 후 428일 간의
세계일주

**여행에세이 1위
<삶의 쉼표가 필요할 때>
리커버 에디션으로 출시!**

이 책은 우선 여행기 보다 한 권의
아름다운 에세이 같았습니다
_ munch님

**출간 후 3년,
꾸준히 사랑 받는
이유가 있다**

**읽으면 꼭
소장하고 싶은
여행에세이**

인생을 알려주고...
(가격) 더 받으셔야 합니다. 책을 읽고
첫 장부터 진짜 울 것 같다가 감동 받았다가
예쁜 말들에 엄마 미소를 짓기도하고
너무 좋은 책이었어요
_ findyourmap0625님

Jang Youngeun

세상의 차가움 속에서도 따뜻함을 발견해내는, 여행 그 자체보다 그 여
정에서 용기와 고통과 희열을 만나는 여행자의 이야기*를 읽고 나면 사
랑하는 이들에게 구구절절 말할 필요도 없이 조용히 이 책을 건네**는
당신을 발견하게 될 것이다

*이병일 시인 추천사 중에서 **태원준 작가 추천사 중에서 / YES24 리뷰 중

사진 예술 요리

뉴욕, 사진, 갤러리 최다운

"깊이 있는 작품들과 영감에 관한 이야기들"

라이선스를 통해 가져온 세계적 거장들의 사진을 즐길 수 있는 기회! 존 시르, 마쿠스 브루네티, 위도 웜스, 제프리 밀스테인, 머레이 프레데릭스, 티나 바니, 오사무 제임스 나카가와, 다나 릭센버그, 수전 메이젤라스, 리처드 애버든, 로버트 메이플소프, 안셀 애덤스, 어윈 블루멘펠드, 해리 캘러한, 아론 시스킨드. 최다운은 뉴욕의 사진 갤러들, 그리고 사진 작품들의 매력과 이야기들을 생동감 있게 전해준다.

내 인생을 빛내 줄 사진 수업 유림

"사진 입문자들을 위한 기본기부터 구도, 아이디어, 촬영 팁, 스마트폰 사진, 케이스 스터디까지"

좋은 사진을 찍고자 하는 사람이라면 누구에게나 도움이 될 수 있는 지식과 노하우를 담았다. 저자가 사진작가로서 경험하고 사유했던 소소한 이야기들도 이 책만의 매력이다. 사진을 잘 찍기 위한 테크닉 뿐만 아니라 좋은 아이디어를 얻는 방법과 저자가 영감을 받은 작가들의 이야기를 섞어 읽는 재미를 더한다.

김경미의 반가음식 이야기 김경미

"건강식에도 품격이! '한식대첩'의 서울 대표, 대통령상 수상 김치명인이 공개하는 사대부 양반가의 요리 비법"

김경미 선생이 공개하는 반가의 전통 레시피
　하나. 균형잡힌 전통 다이어트 식단
　둘. 아이에게 좋은 상차림
　셋. 몸을 활성화시켜주는 상차림
　넷. 제철 식단과 별미음식
그리고 소소하고 행복한 이야기들

● 문장
X
문장

"손가락 사이로 미끄러지는 빛은 우리의 마음을 헤쳐 놓기에 충분했고,
하얗게 비치는 당신의 눈을 보며 나는, 얼룩같은 다짐을 했었다."
_ 이제, 『옷을 입었으나 갈 곳이 없다』 일부

"곁에 머물던 아름다움을 모두 잊어버리면서 까지 나는 아픔만 붙잡고
있었다. 사랑이라서 그렇다."
_ 금나래, 『사랑이라서 그렇다』 일부

"'사랑'을 입에 담지 말 것. 그리고 문장 밖으로 나오지 말 것."
_ 윤소희, 『여백을 채우는 사랑』 일부

● 경영 경제 자기계발
○ 리플렉션: 리더의 비밀노트 / 김성엽
　연매출 10조 원, 댄포스 '댄포스 그룹'의 동북아 총괄 김성엽 대표의 삶과 경영
○ 재미의 발견 / 김승일 **+ [대만 수출 도서]**
　"뜨는 콘텐츠에는 공식이 있다!" 100만 유튜브 구독자와 高 시청률 콘텐츠의 비밀
○ 야 너도 대표될 수 있어 / 장보윤 박석훈 김승범 주학림 김성우
　코로나와 경기침체는 스타트업 창업 절호의 기회. 전문가들의 스타트업 성공 메뉴얼
○ 자본의 방식 / 유기선
　카이스트 금융대학원장 추천도서. 자본이 세상을 지배하는 방식에 대한 통찰들

● 인문 사회 독서
○ 한 권으로 백 권 읽기(1~2)/ 다니엘 최
　이 시대에 꼭 필요한 명품도서 300종을 한 곳에 모아 해설과 함께 읽는다
○ 산만한 그녀의 색깔있는 독서 / 윤소희
　특색있는 소설, 에세이, 인문학적 사유를 담은 책들에 관한 독서 마니아의 평설
○ 독특한건 매력이지 잘못된게 아니에요 / 모기룡
　인지과학 전문가 모기룡 박사가 풀어내는 독특함에 대한 철학적, 인문학적 고찰
○ 가짜세상 가짜뉴스 / 유성식
　가짜뉴스의 발생 원인은 뭘까? 가짜뉴스에 대한 통찰력 가득한 흥미로운 여행

● 종교 정신세계
○ 모세의 코드/ 제임스 타이먼 **+ [리커버]**
　좌절과 실패를 경험한 이들을 위한 우주의 비밀들. 독자들의 성원으로 개정판 출시
○ 죽음 이후의 삶/ 디펙 쵸프라 **+ [리커버] 출간예정**
　죽음, 인간의 의식 세계, 영혼에 대해서 규명한 디펙 쵸프라의 역작
○ 4차원의 세계/ 유광호
　우리는 어디서 와서 어디로 가는가? 우주의 에너지 정보장, 전생과 환생의 비밀들

延 연시리즈 에세이

당신의 어제가 나의 오늘을 만들고 김보민

"사랑을 닮은 사람이고 싶었습니다."

너무 뜨겁지도, 너무 차갑지도 않은 보랏빛. 그 바이올렛 향을 뿜어내는 모든 이들을 위한 글들. 『당신의 어제가 나의 오늘을 만들고』에는 오랫동안 망설여왔던 고백에 대한 순수함이 있고 사랑 앞에서 세계를 투명하게 읽어내는 아름다움이 있다. 만남부터 이별의 순간까지도, 사랑에 대한 희망을 문장과 문장 사이에서 만나게 해 준다. 얼어붙었던 마음도, 힘들었던 순간들도 어느 순간 따스하게 녹아 빛나게 해주는 책이다.

너의 아픔 나의 슬픔 양성관

"재미있는데 눈물이 나는, 웃을 수만은 없는 의학 에세이"

브런치 조회 수 200만, 그리고 포털사이트와 한국일보 등에서 사랑을 받은 빛나는 의사 양성관의 거침없는 이야기들. 지금까진 상상할 수 없었던 의사와 환자들의 이야기들을, 특유의 입담으로 풀어놓는 양성관 작가를 따라가다 보면 독자들은 웃고 있다가 어느 순간 울고 있게 될지 모른다. 『너의 아픔, 나의 슬픔』은 웃음이 있지만 서정이 있고 삶에서 우러난 따뜻함이 있는 의학 에세이이다.

오늘도 아이와 함께 출근합니다 장새라

"오늘도 독박 육아 당첨이다. 퇴근길. 나는 다시 출근한다."

"엄마로만 살건가요? 당신은 행복해야 합니다." 알고 있다. 그러나 좋은 엄마로 살아가면서 '나'로 살아간다는 것은 말처럼 쉽지만은 않다. 『오늘도 아이와 함께 출근합니다』는 육아와 직장생활을 아슬아슬하게 오가면서 평범한 초보 엄마가 겪은, 때로는 울고 때로는 웃으면서 버텨낸, 잔잔한 이야기들과 사유가 담겨있다. 평범한 딸에서 평범하지 만은 않은 엄마를 통해 당신은 엄마와 아이들을 한층 더 깊게 이해하게 될 것이다.

그렇게 풍경이고 싶었다 황세원

Hwang Saewon

"고요한듯 하나 소란있는 어느 여행자의 신비로운 이야기들"

출간 전부터 인스타그램을 통해 많은 이들에게 위로와 영감을 전해 준 황세원 작가의 에세이. 그녀는 '절대적인 것이란 없는 세상'에서 '정해진 것은 어제 뒤에 오늘이 있고 오늘 뒤에는 내일이 있다'는 믿음으로 세계와 마주한다. 그녀의 말대로 '여행은 평행세계를 탐험하는 것'과 같다. 그 누구도 같은 이유로 떠나지 않기에 결코 같은 공간을 방문하지 못한다. 그러나 독자들은 그녀의 글을 통해 그가 수년간 걸어왔던 길을 함께 걸으며 우리 모두가 분명하게 공유하는 무언가를 찾게 될 것이다.

 ## 삶의 쉼표가 필요할 때 꼬맹이여행자

"낯선 여행지에서 이름 세글자로 살아가는 온전한 삶을 찾다!"

여행에세이 베스트셀러 1위를 달성하며 독자들에게 큰 울림을 준 꼬맹이여행자의 이야기『삶의 쉼표가 필요할 때』, 리커버 에디션 출시! 신의 직장이라고 불리는 금융공기업을 그만두고 새로운 삶을 살아보고자 세계여행을 떠난 저자가 428일간 44개국에서 만난 다양한 이야기를 들려준다. 여행지에서 만난 이들의 삶과 철학, 세상을 바라보는 다채로운 시선, 그리고 사유의 깊이가 어우러져 만들어내는 잔잔한 감동과 울림들을 만나보자.

낙타의 관절은 두 번 꺾인다 에피

"26만명이 감동한 유방암 환우 에피의 여행과 일상"

'구름 없이 파란 하늘, 어제 목욕한 강아지, 커피잔에 남은 얼룩, 정확하게 반으로 자른 두부의 단면, 그저 늘어놓았을 뿐인데 걸음마다 꽃이 피었다.'
다소 엉뚱한, 어둠속에서도 미소로 주변을 밝혀주는 그녀의 매력은 어디서 오는 걸까. 절망적인 상황에서도 미소를 머금은 한 여행자가, 이제 겹겹이 쌓아 놓았던 웃음과 이미 세상을 떠나버린 이들과 나누었던 감정의 선들을 펼쳐 놓는다.

행복우물출판사 도서 안내

● STEADY SELLER
○ 사랑이라서 그렇다 / 금나래
"내어주는 것은 사랑한다는 말, 너를 내 안에 담고 있다는 말이다"
2017 Asia Contemporary Art Show Hong Kong,
2016 컬쳐프로젝트 탐앤탐스 등에서 사랑받아온 금나래 작가의 신작

○ 여백을 채우는 사랑 / 윤소희
"여백을 남기고, 또 그 여백을 채우는 사랑. 그 사랑과 함께라면
빈틈 많은 나 자신도 온전히 좋아하며 살아갈 수 있을 것 같다."
'채우고 싶은 마음과 비우고 싶은 마음'을 담은 사랑의 언어들

● BOOK LIST
○ 다가오는 미래, 축복인가 저주인가 - 2032년 4차 산업혁명
이후 삶과 세계 - 김기홍 ○ 길을 가려거든 길이 되어라 -
김기홍 ○ 청춘서간 / 이경교 ○ 음식에서 삶을 짓다 / 윤현희
○ 벌거벗은 겨울나무 / 김애라 ○ 가짜세상 가짜 뉴스 / 유성식
○ 야 너도 대표 될 수 있어 / 박석훈 외 ○ 아날로그를 그리다 /
유림 ○ 자본의 방식 / 유기선 ○ 겁없이 살아 본 미국 / 박민경
○ 한 권으로 백 권 읽기 I & II / 다니엘 최 ○ 흉부외과 의사는
고독한 예술가다 / 김응수 ○ 나는 조선의 처녀다 / 다니엘 최 ○
꿈, 땀, 힘 / 박인규 ○ 바람과 술래잡기하는 아이들 / 류현주 외
○ 어서와 주식투자는 처음이지 / 김태경 외 ○ 바디 밸런스 /
윤홍일 외 ○ 일은 삶이다 / 임영호 ○ 일본의 침략근성 / 이승만
○ 뇌의 혁명 / 김일식 ○ 멀어질 때 빛나는: 인도에서 / 유림

행복우물 출판사는 재능있는 작가들의 원고투고를 기다립니다
(원고투고) contents@happypress.co.kr